달의 아가미

달의 아가미

김두안 시집

민음의 시 156

민음사

自序

돌멩이를 찼다.
돌은
그만큼 길을 갔다.

돌에 쏘인 발등이 아프다.

2009년 9월

김두안

차례

1부

의자

의자에 앉아 있다
의자처럼
나를 기다리지 않는다

흰 바람이 뽑혀 나가고

오늘은 가을이
오늘을 따라 떠나갔다

의자에는
겨울이 따사로이 앉아 있고

나는 겨울 무릎 위에 앉아 있다

거미집

　그는 목수다 그가 먹줄을 튕기면 허공에 집이 생겨난다 그는 잠자리가 지나쳐 간 붉은 흔적을 살핀다 가을 비린내를 코끝에 저울질해 본다 그는 간간이 부는 동남쪽 토막 바람이 불안하다 그는 혹시 내릴 빗방울의 크기와 각도를 계산해 놓는다 새털구름의 무게도 유심히 관찰한다 그가 허공을 걷기 시작한다 누군가 떠난 허름한 집을 걷어 낸다 버려진 날개와 하루살이 떼 돌돌 말아 던져 버린다 그는 솔잎에 못을 박고 몇 가닥의 새 길을 놓는다 그는 가늘고 부드러운 발톱으로 허공에 밑그림을 그려 넣는다 무늬 같은 집은 비바람에도 펄럭여야 한다 파닥거리는 가위질에도 질기게 버텨 내야 한다 하루 끼니가 걸린 문제다 그는 신중히 가장자리부터 시계 방향으로 길을 엮는다 앞발로 허공을 자르고 뒷발로 길 하나 튕겨 붙인다 끈적끈적한 길들은 벌레의 떨림까지 중앙 로터리에 전달할 것이다 그가 완성된 집 한 채 흔들어 본다 바람이 두부처럼 잘려 나가고 거미집이 숨을 쉰다

밥

산부인과 회복실 스피커에서 막 태어난 아기 심장 뛰는 소리가 들린다

밥밥밥밥……

19.5cm

나는 아직 죽었나요
어머니 방금 제 심장 깊이 박힌 칼의 길이를 재고 왔어요
19.5cm 짧잖아요
슬픔의 길이잖아요
길의 길이잖아요
당신이 부엌에 걸어 둔 아버지의 아가미 길이잖아요
독한 술병의 길이잖아요
그녀가 조금만 더 나를 원하던 길이잖아요
내 멍든 성기의 길이잖아요
어머니 그 짧은 길 지금도 걸어오고 계시나요
스펀지 같은 입술 떨고 계시나요
제발 기쁘게 슬퍼해 주세요
저도 그 의미 심장 깊이 새겼잖아요
나는 아직 산 자와 죽은 자 사이에 있나요
어둠이 축축이 스며들어 와요
내 성기가 지워지고 있어요
눈을 감아야 해요
얼굴도 감아야 해요
몇 번을 감아야 눈동자를 지울 수 있나요

나를 지울 수 있나요
아직도 병원 불빛이 보여요

동박새

그는 동박새
도시에서 집을 짓는 그는
빨간 코팅 장갑을 끼고
철근 몇 가닥 어깨에 메고 휘청거리며 계단을 올라가요
목수들 망치 소리 들려와요
동백은 저렇듯 멍울로 꽃 피워요
산이 쩌렁쩌렁 붉어요
핑 쇳소리 내며 떨어져요
참 헐렁해요
녹슨 꽃 밟기도 해요
피멍이 든 못 자국 망치로 두들겨요
바람은 차갑고 도시는 안전화보다 안전하지 못해요
그는 동박새
절뚝절뚝 날아가요
철근이 휘청거리는 리듬을 타고
등 뒤로 힘껏 부딪쳐야 높이 오를 수 있는 거예요
어제도 그제도
이렇게 살 거예요
그는 동박새

철근을 내려놓고 코팅 장갑을 꽉 쥐어 봐요

해 하나 또 지고요

붉은 비

한동산 자락 허술한 기와집에
갓난애 데리고 이사 가던 가을밤이었지요

성냥개비 붉은 비는
마당에 부러져 내리고요

친구 놈이 어둠을
질퍽질퍽 건너왔지요

막걸리 한 사발 따라 놓고
빗소리 들었지요

비에 젖은
가을 산이 확 살아 올랐지요

아내는 화약같이 웃고
성냥개비 붉은 비는 밤새 부러져 내리고요

수음하는 골목길

    길은 가파른 언덕에 상체를 기댄다 검고 기름진 다리를 벌린다 길은 지글지글 욕망에 끓는다 외마디 탄성 지르며 숨구멍마다 빗줄기 돋아난다 비의 흐느낌 가랑이 속으로 끝없이 흘러든다 고등학교 장미꽃들 철조망 밖으로 고개 내밀고 뛰쳐나올 듯 아우성친다 붉은 혓바닥 길의 허벅지 핥으며 하수구 속으로 빨려든다 이사 차 한 대 골목 꼭대기를 향해 부들부들 기어 오른다 오락기가 말뚝 성기를 세우고 미쳐 날뛴다 슈퍼 유리문에 빗방울이 튀어 박힌다 손바닥이 받쳐 든 여자 얼굴을 계산대 위에 턱 내려놓는다

봉성리 쪽으로 가고 있다

배낭을 뺏고 싶다
발목을 잡고 싶다

자동차 바퀴가 그림자를 짓이겨도
땡볕 끼얹어도

아스팔트 바닥 더듬는 칡 순들
솜털 소름 끼치게 돋아난 칡 순들
손목 받쳐 들고 비명 지르는 칡 순들

휘어져 돌아와
허공을 꼬아 올린다

얼굴이
수염과 머리카락 속에 파묻힌 사내

마른 칡 순을 밟고
강둑 가드레일 따라
봉성리 쪽으로 가고 있다

석모리 양계장

마당에 쫙 펴 말린 닭똥 냄새
호박잎 그늘에 늙은 암탉 몇
털 빠진 자궁
쇠파리 떼가 알을 심는 데 열중이다

돌로 괸 판자문
계란 판별 기계 돌아가는 소리
보온 덮개 천장에 백열등 곪아 터진다

녹슨 회전의자 위 들쥐 닮은
뻐드렁니 중년 여인
면도칼로
피똥 묻은 계란을 깎는다

계란 판에 노을이 차곡차곡 쌓인다

그 집 마당에 핀 꽃

그 집 마당에 핀 매화꽃을 보고 와
나는 몇 번 더
그 뒷모습도 훔쳐보고 와
열병 같은 꿈을 앓기도 하고

자꾸 머릿속에 또박또박 돋아나는, 그 꽃
한 몇 백 년
어디쯤 두고 온
한 사람, 그 한 사람일 거란 생각이

낮이고
밤이고
정수리에 반점처럼 돋아나

나는 양지에 앉아
이마 깊이 뿌리내린 그 꽃, 찬찬히 들여다보다
바람이라도 스치면
아무렴 나 혼자 이곳까지 왔겠나 싶지

그래도 이곳이 그곳이라면

그 집 마당에 핀 그 꽃, 몇 번 봤으면 됐지

춘란

그녀를 꿩 밥이라 부릅니다

무당처럼 살지요

마당은 절벽, 바다가 보입니다

이맘때 봄이면

절벽에 햇살 널어 놓고

가늘게 목을 빼고 있겠지요

젖 냄새, 푸른

실바람 실비람

산길을 꿰매고 있겠지요

개

나는 부른다 좁은 길로 걸어오는 그녀를 부른다 판잣집
앞에서 마른 사료를 토해 내듯 부른다 마당 밤 잎을 쓸어
내고 털가죽 황토 먼지 털어 낸다 이빨 자국이 난 전깃줄
넥타이를 매고 슬퍼 보이지 않게 발을 구른다 발톱을 숨기
고 혓바닥을 내민다 그녀는 악수하지 않고 나는 꼬리를 흔
든다 그녀는 향수를 바르고 내 이름을 부르지 않는다 그녀
는 눈을 마주치지 않고 내 머리를 쓰다듬는다 희고 가는
손이 허리를 쓸어내린다 아 역시 나는 개다 오줌을 질질
흘리고 낑낑대는 개다 성기는 주머니에서 튀어나오고 그녀
는 내 발정을 보고 황급히 돌아가 버린다 나는 고름이 흐
르는 성기를 핥으며 그녀를 또 생각한다 쇠 말뚝과 얼어붙
은 밥그릇 보며 목울음을 삼킨다 내 그리움 어디든 문질러
버리고 싶다

검은 고양이 K씨

먼저 높이 튀어 오르세요

대형 트럭이 좋겠죠

악 — 후회는 경련으로 충분해요

지글거리는 아스팔트 바닥에 털가죽 하나 말리기 좋은 밤

검은 고양이 K씨

머릿속 깨진 생각들 버리세요

한길 수산 생선들 비웃음도 지우세요

톡 빠져나온

당신 눈동자를 보며

자 — 편하게 누우세요

이제 배를 터뜨릴 거예요

퍽 소리 날 거예요

내부가 터지는 소리 수염으로 가만히 더듬어 보아요

호랑이처럼 야 — 옹 웃게 된다면

하루가 엉망진창이 될지도 몰라요

검고 윤기 나는 털가죽

창자와 뒤섞여 피범벅이 되는 걸 원치는 않겠죠

뼛조각이 마음을 찌를 땐

참지 마세요

고통은 야비하게 피어나는 거예요
당신이 찢어 버린 누군가의 웃음이잖아요
보세요
발톱으로 당신 목덜미 움켜쥐고 있잖아요
미련 많은 K씨
이젠 제발 털가죽을 벗으세요
바퀴가 바람을 휘감고 지나칠 때
팔을 아주 천천히 빼고
두 다리와 늘씬한 허리
확 비틀며
나비의 흰 영혼을 낚아채듯
힘껏 튀어 오르세요
대형 트럭이 좋겠죠
당신은 당신의 납작한 시체가 되는 거예요
눈동자도 터뜨릴 거예요
지글거리는 아스팔트 바닥에 알몸 하나 말리기 좋은 밤
그다음은 저도 몰라요
검은 고양이 K씨
이젠 웬만하면 당신을 아는 체하지 마세요

계단 하나

할머니 한 분
육교 계단을 내려온다
한 손에 지팡이
다른 손엔 가방을 움켜쥐고
계단 모서리 밀고 당기며
엉덩이 끌고 내려온다
가을 햇살도
난간 쇠 파이프 그림자도
구불구불 주름 잡힌 계단
할머니 한 분
온몸
접었다 폈다 조용히 내려온다
계단을 내려설 때마다
무릎 꺾고
허리 접어
육교를 간신히 밀어내듯
계단이
계단을 주름 잡고 내려온다

달팽이

달을 보며 걷다
길이 아삭 밟히는 소리 들렸습니다
신발에 달라붙은 달팽이 집 풀밭에 닦아 버렸습니다 어
머니 생각 함부로 하지 말아야겠습니다

허공의 눈

마당에 흰 나비 한 마리
두 눈이다

누군가 잃어버린
눈먼 눈이다

돌에
작약 꽃에

앉아

두 눈
곰곰이 감았다 떴다

참 이상스럽게도
나를 쳐다본다

귀 밝은 지팡이 소리 하나 탁 멈춰 설 것 같은

나는 몸 있어
죄스런 봄날이다

외문 속으로

주민 센터 테니스장 조명등 켜져 있다
등은 어둠 속에 박혀 있고
전구는 어둠을 여는 손잡이다

밤마다 등은
독한 수은을 살포한다

빛에 중독된 수많은 날벌레
미쳐 날뛰며 빙빙 돈다
견딜 수 없어 끝까지
빛을 물고 늘어지는 날벌레
한 번 헛돌기 시작한 나사못이다

전구에서 연기 피어나고
추락한 날개
원을 그리며 날아오른다

몇 번의 생을 태워야
저 외문 통과할 수 있을까

나는 녹슬고 지저분한 조명등을 안다
픽 터져 버린 새까만 전구도 보았다

테니스장 기합 소리
왔다 갔다 그물망을 넘어 다닌다

키 큰 살구나무 위에도 달이 반쯤 열려 있다

잔디 인형

　머리가 돋아난다 바늘 빛 물줄기 촘촘히 피어난다 아이
는 플라스틱 까만 눈을 이마까지 치켜뜨고 빨간 단추 입술
단단히 오므린다 무릎으로 엉덩이로 마신 물이 아이 목구
멍을 타고 솟아오른다 갈증이 키만큼 자라나 점점 창문 쪽
으로 휘어진다 최초의 씨앗 같은 생각 아이 뇌를 꽉 채우고
얼굴을 뚫고 나온다 순백의 뿌리 도화선처럼 타들어 간다

명함

두 사내 탁자를 사이에 두고 앉아 있다 탁자 위 짙은 새벽안개가 깔려 있다 안개 속을 가로등이 걸어오다 가로수로 서 있다 택시가 한 남자를 태우고 사라진다 남자 영혼이 비상 깜빡이 등을 켜고 희미하게 지워진다 무늬도 그림자도 없는 고양이가 고요한 건물 모퉁이가 된다

두 사내 여전히 탁자를 사이에 두고 앉아 있다 지금 안개 속 가로수 이름은 가로등이다 짙은 새벽안개는 구두 소리에도 찍히지 않는다 보도블록을 뛰어가다 걸어가는 저 여자의 얼굴 코팅된 술집 광고지다 이제 두 사내는 비틀거리며 각자 명함을 주고받는다 한 사내가 지갑 속에 눈동자를 끼워 넣고 사라진다 또 한 사내 가로수를 열고 들어가 가로등의 문을 닫는다 탁자 위에 막 떨어진 낙엽 한 장 젖은 불을 켰다

황사

노파가
배낭을 메고 둑길에 서 있다
엉거주춤 가랑이 속을 더듬는다
무릎까지 내린 허드레 바지
풀밭에 펄럭인다
노파는 침침한 눈으로 나물 다듬듯
화장지를 만져 보고
똥 냄새도 맡아 본다
이젠 앞으로 뒤로 손도 닿지 않는
컴컴한 몸 한구석
노파는 아예 머리통까지
제 가랑이 속에 말아 넣는다
화물 트럭 한 대
먼지를 풀풀 날리며
허연 엉덩이 스치듯 지나친다
눈 뜨고 볼 수 없는 오후다

2부

탄력 있는 슬픔

대명 포구 서해 상회 앞
맨 종아리 빽빽이 박혀 있다

눈빛에 걸려든
합판 위
검은 새끼 고래

꼬리에 빳빳한 상자 끈 묶여 있다
턱 갈고리에 찔려 붉은 피 흐른다

사람들 눈에 핏방울이 맺혔다
하수구 속으로 끈끈하게 떨어진다

아이는 죽음을 처음 만져 보듯
손가락으로
새끼 고래 옆구리를 찔러 본다

오, 아직 탄력 있는
슬픔
제 몸보다 더 어두운 눈, 낙찰된다

덫

새벽 묵호항 눈이 내린다
한 사내
담장 밑에 앉아 그물을 꿰맨다
온통 주름에 휘감겨
몸부림친 얼굴
상처를 접고 상처를 펼친다
찢기고 터진 자리
대바늘이 파르르 손등을 파고든다
사내의 시린 손마디가
눈발 하나 꺾어
그물을 꿰맬 때마다
매듭이 굵은 눈발 시장 바닥에 쌓여 간다
시장 보러 나온
싱싱한 발자국들
눈 속에 파묻혀 파닥거린다
장작불 꺼져 가는
페인트 통 속에서
눈 매운 아침이 피어오른다
덧없이 살아온 것 덫만 같다고

사내의 비릿한 입김 속에도
굽은 등 위에도
눈발 그물 엉키지도 않고 내린다

입가에 물집처럼

달이 뜬다
해도 지기 전에 뜬다
나는 어둠이 보고 싶어
내 어둠도 보일 것 같아서
부두에 앉아 있는데
달이 활짝 뜬다
달빛은 심장을 욱신거리게 하고
희번득 희번득 부두에 달라붙는다
아 벌리다 찢어진 입가에 물집처럼
달빛은 진물로 번진다
달은 어둠을 뺄 밭에 번들번들 처바른다
저 달은 환하고
아찔한 내 안의 근심 같아서
어쩔 수 없이 초병에게 쫓겨 가는
통제 구역인 것 같아서
나는 캄캄한 나를
어떻게든 더 견뎌 보기로 한다

마방촌

바람 소리인가
파도 소리인가

쇠스랑같이 서 있는 시누대 울타리

달 하나
집 하나
초분 하나

밤새 모래바람
창호지에 풀칠하는 마방촌*

* 신안군 임자면 도찬리 소재, 해변 모래밭에서 말을 기르던 마을.

그녀의 바다

또 봄
섬에서 그녀가 왔다
바다를 한 보따리 이고 와 매듭을 푼다

비늘 벗겨 내고 토막을 낸다
칼날 뛰는 소리
장판에 벽지에 튀어 박힌다

우락부락한 이놈 대가리 좀 봐라
네 애비 닮아 사납게 생긴

눈빛 깊고 등도 푸른 것이
이놈은 필시
심보도 어지간히 넓을 것이여

이 구멍 저 구멍 잣대질하다 슬슬 도망칠 궁리나 하는
낙지
뼈도 자존심도 없는 잡놈들이여

나는 객지 생활이 어떤지 몰라도
굴 껍데기같이
어디든 꽉 붙어살면 된다고 생각한다

파란 물 뚝뚝 떨어지는 보자기 물끄러미 바라보며
창가에 갯바위 앉아 있다

보자기 한 자락 참 깊고 넓다

동백, 동백

동백들 밀물 따라 섬으로 스며드는

칠흑 같은 눈발
얼굴 스치는 밤

동백, 동백 우는
불빛 한 그루 찾아드는

아이 동백 아비 동백
고장 난 배를 끌고 눈 쌓인 뻘 밭 돌아가는

아이 동백 밧줄 잡고 걸어가고
아비 동백 눈 깊이 감고 장대 휘어지게 바닷속 밀어내는

지금도 아이 동백 귓속에
폭설 내리고
동백, 동백 물소리만 피어나는

밧줄

닻을 주고 밧줄을 맨다

부두에 부딪히지 않게
썰물에 목매달지 않게

배가
파도를 넘을 수 있도록

느슨하거나
팽팽하지도, 않게

바람 불면 말뚝 꽉 조여야 하는
떠날 때 단숨에 확 풀려야 하는

밧줄

아버지는
닳아
부드러워진
길을 부두에 맨다

목섬

두 다리를 찢는다
가슴속에서 당귀 냄새가 난다

그녀는 평상 모서리에 앉아 닭 모가지를 물어뜯는다
굵은 소금을 찍어 질긴 기다림까지
입가에 번들거리는 불빛까지 핥아 먹는다

눈이 마주친다
소라 껍데기다
눈 속 어둠이 찰랑거린다

섬에 사는 그녀 얼굴
썰물이 빠져나간 물웅덩이다
파도 소리 적막하게 고여 있다

자갈 마당에서도 늙은 개
어금니로 닭 뼈를 물어뜯는다
젖가슴 깔고 엎드려 사람들 눈치 볼 때마다

닭발 같은 별

목섬 위에 수북이 쌓인다

수족관 속 전어들

전어들 드릴이다 바닥을 뚫는다
아가미 속에 몸통을 박아 넣고
뼛속 부드러움까지
꼬리까지 탈탈 털어 넣는다

모서리가 가장 깊은 곳이다
산소 공급기가 유일한 통로다

네모난 유리벽
안에
네모난 바닷물

비늘 파편 무수히 떠 있다
햇빛을 반사한다
가을이 금 간 틈으로 눈부신 길이 보인다

등산복 차림의 남자와
여자 몇
눈을 찡그리고 쳐다본다

주둥이에 피멍이 든 전어들
서서히 가라앉는다
꼬리부터 옆으로 눕는다

번득
수족관 바닥이 진동한다

난파선

　그는 갯바위 위에 엎드려 있다 얼굴이 없다 팔도 다리도 없다 그는 부표다 밧줄이 허리 깊이 매듭을 틀었다 비옷 위 소금 간이 피어난다 그의 몸속 바다는 이제 출렁대지 않는다 태풍도 불지 않는다 닻을 내린 새우 배도 보이지 않는다 그가 배다 바다다 그는 가라앉는 침묵이다 파리 떼가 구멍을 낸다 그는 꺾인 무릎뼈로 기어 나와 바위에 박혔다 비옷 속에서 진물 흐르고 구더기가 굴러떨어진다 농게들 집게발을 들고 몰려온다 그는 그렇게 난파되고 있다

갑오징어

햇볕이 짭짤해질 때까지
자갈밭에 갑오징어를 말린다
눈가에 먹빛 쇠파리 떼
오징어 뼈에 풀잎 돛을 달아 띄워 보낸다
또 하루가 통째로 침몰한다
산 꿩이 꺽꺽 우는
섬 그림자 속에
아버지 자갈 무덤을 더 만든다

대머리 포구에서

부두에 폭설이 내린다
광주리 내려놓고 뱃길을 기다린다
빈 배들 누워 있는
무덤 속같이 어두운 날이다

길이 지워지고 지붕도 지워지고
담벼락들 남아 있다
여객선을 기다리던 몇 사람 돌아가고
물오리 떼 내려앉는다

나는 리어카에 걸터앉아
귓속에 쌓인 눈을 털어 낸다
시린 발로 국화꽃을 찍는다

파도가 점점 거칠게 밀려오고
눈이 씻겨 내려간다
부두는 더 깊이 가라앉고 있다

똑딱똑딱 배 소리 가늘게 들려온다

눈 감고 움직임을 느껴 본다
주름진 눈빛도 선명히 보인다

눈발 속에서
배 한 척 동동 새어 나온다

눈 덮인 김 무덤을 싣고
밧줄 던져 주는
푸른 얼굴의 아버지
머리카락에 고드름이 달렸다

묵화

뒤꼍 시멘트 담장 얼룩져 있다 피어난 곰팡이 섬들 흐릿 펼쳐져 있다 뻘에 닻으로 박혀 있다 입술 깨물고 기어 나온 어머니 발자국 끊길 듯 이어져 있다 어느 염전 바닥 소금을 긁다 얼굴에 물 주름이 잡힌 녹슨 아버지도 창고 안에 잠들어 있다 담장 밑에 세워 둔 장화와 운동화 뒤축에서 말간 물길이 흐르고 있다

자갈 소리

해안 자갈들 구른다
파도에 휘말려
자갈자갈 구르는 소리

자갈들 껍질이 벗겨진다
굴러 깎일 때마다
거품 한 겹 생겨난다
거품 속에
단단한 자갈 소리 휘말린다

무지갯빛 거품들
햇빛 닿기도 전에 사라진다

나는 손바닥에 흉터 박힌
둥근 자갈을 말아 쥐어 본다
살기 위해 품었던
칼끝이 반짝반짝 빛난다

왼손

칼을 내리쳐 가시를 잘라 낸다
꼬리부터 머리 방향으로
박혀 있던 비늘이 뽑혀 나간다
손아귀에서 민어가 자꾸 빠진다
소금 항아리에 칼을 간다
칼날을 쓸어 넘긴 기억
책 몇 권쯤으로 쌓여 있을까
어깨에 총알이 박힌 왼손으로
다시 아가미를 잡고
칼을 세우는 아버지
비늘 벗겨진 자리 그물 무늬 선명하다

달의 아가미

　김 말뚝을 세우고 배를 밀어낸다 뻘에 종아리를 박고 등으로 민다 섬 사이에 닻을 내린다 깍두기 국물에 밥 말아 먹고 낚싯줄을 던진다 달 속에 수수깡 찌가 보인다 환한 수면이 잔잔히 밀려오기 시작한다 낚싯대가 휘어진다 배가 출렁 달빛이 끊길 듯 팽팽하다 아버지 가시 등 휘어 오른다 팔뚝만 한 농어 뿌리째 뽑힌다 아가미가 끔벅끔벅 허공을 되새김질한다

점암리

점암리에 불빛 창문 열려 있다

어둠이 씻겨 내린다

감나무와 이슬 젖은 대숲

그물 지붕 몇 채 새어 나온다

삐뚤어진 마당

기침 소리 쓸어 내는 돌담 같은 노인

푸른 섬 그림자 위 썰물이 흐른다

물살보다 먼저

부두에 첫 배가 와 닿는다

발목

해는 수평선 붉게 침몰하고
섬에 불빛 몇 못 박힌다
나는 어느 해안에 밀려와
등이 반쯤 지워진 내 품
무릎을 꺾어 끌어안아 본다
허덕이며 날아오는
저 새 떼
어깨뼈가 이렇게 시릴까
해안에 희검게 희검게
이름을 파묻고 몸부림치는
파도의 발목 이렇게 아플까
어쩔 수 없이 등 떠밀려 살아가는 것들
어두운 제 품에서도 잠들지 못하는
이 저녁 나는
끝내 건너지 못할 내 몸
어디에 눕힐 것인가
가눌 수 없던 기억들
무릎을 욱신거리며 별이 눈뜬다

배경

지금 바다는 썰물 때

갈대꽃 흔들리는

갯둑에 소나무 한 그루 서 있다

사내가

바람을 등지고 소나무를 지나칠 때

철새들 날고

송진 같은 노을이 들고 있다

지금도 바다는

아무 가슴이나 휘어져 보는 쌀쌀한 썰물 때

사내는 끝내 돌아오지 않고

흔들리는 갯둑에

소나무 한 그루 서 있다

염부의 노래

소금 속에 해를 심었다, 죽었다
소금 속에 달을 심었다, 죽었다

염전 물판에 하늘을 말렸다
산과
바람과 구름이 뿌리 내렸다

소금 속에 아이를 심었다, 죽었다
소금 속에 아비를 심었다, 죽었다

꽃이 자꾸 태어나 소금이 되었다

3부

범죄 없는 마을

머리통 휘어잡고
단번에
낫으로 목을 친다

해바라기 까만 얼굴 땅바닥에 툭 떨어진다

무겁다

단지
바라본 죄가

은밀한 때

춥고 고요한 밤이다
갈대들 볼때기 악물고 서 있다
달빛이 불어온다
논둑으로 은밀히 번져 온다
갈대들
가는 등에 핏줄이 선다
댓잎 몇 살이 차오른다
달빛 심장 숨을 쉬기 시작한다
갈대들 허리 펴고
머리에 쌓인 눈을 털어 낸다
달에게 함부로 지껄이듯
고개를 쳐들고 하 — 씨앗을 품어 댄다
씨앗이 달빛 타고 날아오른다
쩍쩍
농수로 얼음길 환하게 열리고
별이 드문드문 떠가는
들녘에서 둥근 기도 소리가 들린다

바닥

황색 점멸등 깜박거린다
자동차 불빛
횡단보도를 쏴 지나친다
어둠이 밀려난다
뭔가
자동차 밑으로 빨려 든다
느낌 속에서 생각이 덜컹거린다
어둠이
휘청
찢기는 소리
자동차 밑에 마구 구르는
흰 물체
돌돌 말아 꽁무니로 뱉어 낸다
공처럼 튀어 올라
중앙선 넘어 바닥에 떨어진다
개 눈동자 속
황색 점멸등이 컹컹 짖고 있다

돌과 잠자리

잠자리가 돌 위에 앉아 돌을 읽는 동안

나팔꽃 줄기
나뭇가지 그림자 위에 헛발을 딛습니다

잠자리가 돌의 중심 갸웃갸웃 읽어 가는 동안

사내는 나무 그늘 밑으로 손 그림자 가만히 내밀어
잠자리 꼬리 잡아 봅니다

떴다 앉았다

잠자리가 비밀스럽게
얼굴을 가리고 돌의 모서리 다 읽어 가는 동안

마당가 해바라기
먼 길 바라다보다 까맣게 익은 얼굴 떨굽니다

이제 기다림이

사내의 한쪽 모서리를 초조하게 읽어 가는 동안

구겨진 돌멩이 다시 몸을 부풀리고 있습니다

오동 꽃

꽃 진다
숲
오동 꽃 진다

망설였을까

꽃은
허공이 스스로 낸 상처, 상처

그늘 깊이
꽃
떨어지는 소리

숲이 받아 주고 있다

낙엽

횡단보도 앞이다
신호등 초록으로 바뀐다
들쥐가 건널 것 같다
건넌다
자동차들 출발한다
해 한 잎 떨어진다
네거리 화원 간판 불 켜진다
국도 변 코스모스 다시 흔들린다

목련의 기억

늙은 독수리는 바위에 부리를 갈아 뒤틀린 발톱 뽑아
버린다
목련 꽃은 무릎에서 어깨에서 관절을 다 꺾고 뼈마디에
서 핀다
어머니는 내 생일 때마다 허리가 빠질 듯 아프다고 한다

목련 꽃이 절간 마당에 길가에 떨어진다
돌담이 꽃 떨어지는 소리 듣는다
한 송이는 내 귓속 깊이 또 한 송이는,
나는 눈을 질끈 감아 버렸다

문

잠자리를 본다 시멘트 벽에 달라붙는 날개를 본다 날개
는 얇게 닳은 경첩이다 추락할 때마다 햇살 부서지는 소
리 들린다 날개는 허공을 얼마나 접었다 폈을까 살기 위해
수없이 열었다 닫은 몸 지독한 문 아니었던가 이제 잠자리
는 그 마지막 문을 열려 한다 지쳐 뒤집힌 날개가 다시 땅
바닥을 박차고 날아오른다 시멘트 벽 제 그림자 겨우 움켜
잡고 찢어진 날개를 바르르 떤다 반쯤 기운 늦가을 오후를
수평 잡는다 그림자 속에 열쇠를 넣듯 영혼을 밀어 넣는다
잠자리는 몸을 활짝 열고 아주 먼 데까지 영혼을 바라다
본다

검은 나무들

달린다
검은 강둑 위, 검은 버드나무들

말이다 곰이다 낙타다 꿈틀거리는 거대한 애벌레다
휘어졌다 휘어 오른다

앞발을 들었다
온몸을 던진다

바람보다 빨리 달려가는 나무들 발목이 보인다
어둠이 뿌리째 뽑힌다

몸을 뿌리치고 미칠 듯 달려가는
나무들
나무속에 갇힌 짐승이다
(밤마다 나무들 뿌리박힌 동물로 변한다)

봄부터 봄까지 달려가 더 무성히 자라 있는
나무들

나 아닌 나로부터의 침입자다

무늬 옷을 입고
나무처럼 서서
강둑 철책 선 지키는 경계병들 눈빛 틈타
고요히 울부짖고 달려가는
나무들
나로부터 끝없이 도망치는 탈영자다
(자동차 불빛에 들켜, 혓바닥 헐떡거리는 그림자)

바람에 별빛도 흔들리는
밤,
이면(裏面)

저 검은 나무들
우주 끝 어둠의 언덕까지 순식간에 다녀온다
(휘어진 가지가 쏘아 올린 수많은 별, 그림자가 지나간
환한 구멍이다)

어젯밤 뿌리 깊이 잠든

내 꿈속 벗어나려

악착같이 제자리 뛰어가는 나를, 보았다

돌은 어제와 같이

꽃들 길 떠나는 것 보고 묻지 않았다
작고 뚱뚱한 바람 멈춰 서서
너는 그냥 돌아가느냐고? 대답하지 않았다
떠나는 것들 많고 돌아가는 길
왜 흔들리는지 나에게 묻지 못했다
떠나지 못해 안달 난 꽃들 사이
어깨 축 처진 돌 어제와 같이 앉아 있고
누군가 끝까지 서 있다 간 메마른 발자국이다
돌의 암담한 이마
들춰 보면 그늘이 가슴팍까지 젖어 있다

번개가 만들어 준 그림자를 보았다

비 오는 밤
번개 치는 들길에 서 있다
어둠이 찢긴다
빛에 어둠이 지워진다
눈을 감는다
내 안이 환하다
얼마 만인가
심장 가득 떠 있는 연둣빛 먼지 속에
고요한 내가 있다
딱딱했던 몸이 떨어져 나간다
이마에 빗소리
척추를 타고 땅속으로 스며든다
빗방울이 사선으로 몸을 뚫고 지나간다
떨리는 살의 파장
숨결 되어 되돌아온다
빗속
바람이 불어오고
콩잎에 떨어지는 푸른 발소리

번쩍, 눈을 떴다
번개 그림자가 내 발목을 잡고 있다

그림자 속으로

심장 높이쯤 열쇠를 넣고 손잡이 당기면
철문 앞에 서 있는
그림자 속으로 들어갈 수 있습니다

뒹구는 신발들 사이
술 취한 구두 슬쩍 벗어 놓고

아 그렇다고 성급하게 불은 켜지 않습니다
희미한 살림
잠이 깰지도 모르니까요

나는 내 그림자 등에 기대어 앉아
거실 바닥 달빛을 희망이라도 된 듯 쓸어 모아 봅니다

똑같은, 똑같은 소리로 벽을 걸어가는
시곗바늘 뒤꿈치에
그림자를 걸어 놓고
달빛 위에 가만히 누워 방 안 그림자 숲 둘러봅니다

그녀가 돌돌 말고 자는 옥수수 그림자와

창문 넘어와 흔들리는 콩 줄기 그리고 가을로 휜 풀잎

나는 가끔

그림자 열쇠를 잃어버립니다

길은 머리가 많다

표지판에 길이 그려져 있다
길은 머리가 많다
세모다
몸을 뚫고 뿔뿔이 흩어진다
부리 앞에
목적지의 허물 버려져 있다

(길은 길을 벗어나 본 적 없다
슬퍼할 줄도 모른다)

해가 번들번들 흘러내린다
길이 목구멍 터지게 삼켜 먹는다

새가
저 길을 품고 사는 걸까

먹이를 물고
쇠 파이프 구멍으로 들어간다
어둠이 접힌다
모퉁이 자동차 소리 펴진다

순간

농수로에서 개개비 떼가 운다
갈대숲이 검다
논바닥도 검다
풀 썩는 비린내 난다
사내가 와 — 아
도시 외곽에서 소리를 지른다
들길 어둠이 멈춰 선다
순간
층층이 쌓이던 개구리 울음소리
뚝 무너진다
논길이
아파트 단지까지 간신히 이어져 있다

내가 피어난 안쪽

꽃이 무너졌다 꽃나무는 꽃을 너무 많이 피운 것은 아니다 꽃나무는 쓰러져도 꽃들은 고개를 쳐들 줄 안다 눈을 부릅뜨고 향기롭게 흔들릴 줄도 안다 거미는 무너진 꽃들 사이 거미줄을 치고 절벽인 덫에 걸려 있다 거미는 꽃이 피어난 안쪽에서 나를 보고 나는 내가 피어난 안쪽에서 꽃의 흰 낯짝을 본다 쇠파리 떼가 꽃의 충혈된 눈을 마구 파먹는다 사실 희망은 예의 없는 것들의 것이다 나 또한 믿지 못할 내 눈동자에서 눈을 뗄 수가 없다 저녁 길가에 오래 앉아 있어 본 자는 안다 왜 쓰디쓴 꽃을 자꾸 씹어 먹고 싶은가를

모서리

개 짖는 소리
가깝고
멀어
일제히 피어난
별같이
빛의 캄캄한 모서리를 향해
개 짖는 소리
차갑고
슬픈 세모나 네모

과녁

허공에 새 한 마리
쏜살같이
숲 속으로 사라집니다

부리가
몸을 뚫고 사라진
새의 길

그러나 부리는
매번
제 심장이 과녁이어서

새는
몸 밖의 길
가지 않습니다

숲 속 나뭇가시
사이
빛 화살 무수히 박혀 있습니다

목련 꽃

유리창에 쟁그랑 소리 피어났다
쟁그랑 소리 닮은 돌멩이 날아왔다
돌멩이 닮은 구멍이 생겼다
구멍을 닮은 햇빛과 바람과
중국집 배달 오토바이가 지나갔다
구름이 피었다 졌다
허공만 쟁그랑 금이 간 채 남아 있다

겨울
목련 나뭇가지가
유리창에 밑그림을 그릴 때 알아봤다

나는 왜 여기 서 있는가

왜가리
한 발로 중심을 잡고 서 있다

붕어가 뛰쳐나와 얼어붙은
하천 얼음 구덩이
물결이 쌓인다
바람이 살얼음판을 깐다

다른 한쪽 발에
제 삶 전부를 천천히 옮겨 볼 뿐

눈 감아도 갈 곳이 없다
졸릴 땐 자꾸 졸릴 땐
내 이름이라도 되뇌이자

나는 왜 여기 서 있는가
묻지도 말자

염소와 길

눈이 내립니다

산이 지워집니다

염소도 지워집니다

길은
어디로 가는 길인지 모릅니다

오 이런
까만 울음소리만 매여 있습니다

진중하고 차가운 언어에 담긴 비극적 리얼리티

문혜원(문학평론가·아주대 국문과 교수)

　김두안의 첫 번째 시집인 이 시집은 각 부가 선명하게 단절되어 있다. 시의 배경이 되는 공간은 1부는 도시, 2부는 고향이고, 3부는 도시의 외곽이다. 1부가 주로 도시의 인물들에 초점을 맞추고 있다면, 2부에는 풍경과 인물이 같이 있고, 3부에서는 풍경이 시의 주된 소재이다. 시의 창작 시기 또한 이 순서를 따르는 것으로 짐작된다. 그만큼 솔직하고 단순한 구성이다. 이것은 그의 시를 형성하는 기본적인 특징이기도 하다. 그의 시는 직접적이고 전면적이며 선명하다.

　1부의 시들은 도시에서 살아가는 인물들의 이야기를 그리고 있다. 계란 깎는 여인, 공사 현장에서 철근을 나르는 인부, 허청허청 길을 걷는 남자와 둑길에서 바지를 까 내리는 노파 등은 사실상 같은 부류에 속해 있는 인물들이다. 공사 현장에서 일을 하던 사내(「동박새」)는 봉두난발을 하고 봉성리로 가고(「봉성리 쪽으로 가고 있다」), 계란 깎는 여인(「석모리 양계장」)은 결국 둑길에서 자기 똥 냄새를 맡아 보는 미친 노파(「황사」)가 된다. 집 짓는 목수(「거미집」), 철근 나르는 인부, 계란 깎는 여인이 노동의 현장에 있는 인물들이라면, 봉성리로 가는 사내, 둑길에 선 노파, 자살을 꿈꾸는 K(「검은 고양이 K씨」)는 노동의 현장에서 밀려난 인물들이다. 이들은 다른 사람이 아니라 동일한 인물의 현재와 미래 혹은 과거와 현재의 모습이다. 그들은 삶의 현장에서 부대끼며 지탱하고자 하지만 결국 밀려난다. 대표적인 시 한 편을 보자.

그는 동박새

도시에서 집을 짓는 그는

빨간 코팅 장갑을 끼고

철근 몇 가닥 어깨에 메고 휘청거리며 계단을 올라가요

목수들 망치 소리 들려와요

동백은 저렇듯 멍울로 꽃 피워요

산이 쩌렁쩌렁 붉어요

핑 쇳소리 내며 떨어져요

참 헐렁해요

녹슨 꽃 밟기도 해요

피멍이 든 못 자국 망치로 두들겨요

바람은 차갑고 도시는 안전화보다 안전하지 못해요

　　　　　　　　　　　　　　　　　—「동박새」에서

일하는 현장은 동백꽃이 보이는 산 아래고 건축 현장 인부인 '그'는 '동박새'에 비유되지만, 이 비유는 서정적이지도 아름답지도 않다. 그가 동박새인 이유는 손에 낀 빨간 코팅 장갑 때문이고, 동백처럼 아무 때나 '핑 쇳소리를 내며' 떨어져 내릴 수 있기 때문이다. 철근을 지고 계단을 올라가 남의 집을 짓는 일, 그것이 그의 일이다. 추락한 인부의 삶은 "핑 쇳소리 내며 떨어져요/ 참 헐렁해요"라는 두 줄로 간단하게 요약된다. 건설 현장에서 인부 개개인의 슬픔이나 꿈, 애환 따위는 별로 중요하지 않다. 목숨을 걸고 현장을 누비다가 순간 발을 헛디디면 바로 생에서 추락하는 헐렁한 삶. 그것이 도시 한가운데 현장에서 일하는 노동자의 삶의 현실이다. 풍경은 인물에 녹아들어서 인물의 이야기를 보다 리얼하게 구성하는 데 일조한다. 동백꽃과 건설 현장, 거미집과 목수(「거미집」)의 이야기가 연결되며 인물의 삶을 설명하는 역할을 하는 것이다.

다음은 이렇게 일하는 '그'의 미래의 모습이다.

자동차 바퀴가 그림자를 짓이겨도

땡볕 끼얹어도

아스팔트 바닥 더듬는 칡 순들

솜털 소름 끼치게 돋아난 칡 순들

손목 받쳐 들고 비명 지르는 칡 순들

휘어져 돌아와

허공을 꼬아 올린다

얼굴이

수염과 머리카락 속에 파묻힌 사내

마른 칡 순을 밟고

강둑 가드레일 따라

봉성리 쪽으로 가고 있다

                         ——「봉성리 쪽으로 가고 있다」에서

　사내는 어디로 가고 있는 것일까? '봉성리'가 구체적으로 어떤 곳인지는 중요하지 않다. 어차피 사내가 가는 곳은 봉성리 방향이지 봉성리가 아니기 때문이다. 수염과 머리카락이 덥수룩하게 자란 채 가드레일을 따라 허청허청 걸어가는 사내에게 목적지는 없다. 다만 걷고 있을 뿐이다. 사내에 대한 구체적인 정보는 없지만, 시의 구절구절이 사내가 삶에서 떠밀려 났다는 것을 보여 준다. 자동차 바퀴는 사내의 그림자를 짓이기고 땡볕은 얼굴에 확 끼얹어진다. "손목 받쳐 들고 비명 지르는 칡 순들"이 현재 사내의 모습이다. 아마도 그는 대형 트럭에 뛰어들어 삶을 마감하려는 K씨(「검은 고양이 K씨」)처럼 마지막 길을 가고 있는지도 모른다.

여기서 시선을 끄는 것은 막장에 다다른 삶의 풍경을 묘사하고 있는 섬뜩한 표현들이다. 칡 순을 "손목 받쳐 들고 비명 지"른다고 한다든지, 이사 차가 가파른 길을 "부들부들 기어 오른다"(「수음하는 골목길」)라고 하는 것들이 그렇다. 볕도 아침 햇살이나 노을처럼 감정이 스밀 만한 햇빛은 모두 삭제되고 이글이글 타는 '땡볕'만 남고, 꽃은 진달래도 제비꽃도 아닌 "핑 쇳소리 내며 떨어"지는 목 잘리는 '동백'(「동박새」)이다. 그렇지 않겠는가. 막장에 내몰린 삶에 노을이나 아침 햇살이나 진달래는 가당치 않은 것이다. 차갑고 섬뜩한 단어들은 그들의 삶이 한 치의 여유도 없이 전면적으로 노출되어 있음을 언어의 느낌으로 전달한다.

삶의 정처가 없는 이 같은 인물들은 기존 개념상 '민중'에 해당하는 사람들이다. 고향을 떠나와 도시 공사판에서 일하다가 산재를 당하거나 쫓겨난 사람들은 1980년대 민중시에서 흔히 발견되는 소재이다. 이런 면에서 김두안의 시들은 2000년대의 민중시라고 할 수 있을 것이다. 그러나 그의 시는 1980년대의 민중시나 노동시와는 다르다. 민중을 소재로 한다는 면에서 양자는 동일하지만, 그것을 해결하는 방식이나 전망의 유무에서는 차이가 있다. 1980년대의 민중시에서 현실은 억압적이고 비극적이지만 거기에는 그것과 싸워 더 나은 세상을 만들려는 의지가 있었다. 민중은 엇비슷한 폭력과 억압 앞에 놓여 있는 집단적인 존재로서, 공동의 분노와 저항과 해결이라는 연대감으로 묶여 있었다. 그러나 2000년대 민중시에서 민중은 개인적이고 흩어져 있으며, 공동의 이슈를 위해 단결하지 않는다. 민중의 일부는 노조와 같은 단체로 묶여 공동의 이익을 추구하게 되었지만, 거기에도 속하지 못한 사람들은 혈혈단신 밀려난 삶을 살아간다. 이들에게는 밀려난 삶에 대한 분노도, 빼앗긴 삶의 터전에 대한 그리움이나 향수도 없다. 미래에 대한 비전도 없고, 더 나은 세상을 위해 단결하고 저항하고자 하는 의지도, 같이할 동료도 없다. 그들에게 남은 것은 체념과 포기뿐이다. 김두안의 시는 떨어져 나간 그 개개인의 민중을 비춘다. 저항 의지나 분노조차 상실해 버린 사람들, 정처 없는 사람들. 그것이 노동 해방의 구호로 떠들썩했던 1980년대를 보낸 2000년대의 현실인 것이다.

이 사람들에게 삶이란 '덫'과 같은 것이다. 가난하고 나이 든 이들이 할 수 있는 일은 없다. 그들을 그리는 김두안의 시가 암울하고 비극적인 것은 당연한 일이다. 생에 대한 비극적 인식을 보여 주는 다음 시를 보자.

빛에 중독된 수많은 날벌레
미쳐 날뛰며 빙빙 돈다

견딜 수 없어 끝까지
빛을 물고 늘어지는 날벌레들
한 번 헛돌기 시작한 나사못이다

전구에서 연기 피어나고
추락한 날개
원을 그리며 날아오른다

몇 번의 생을 태워야
저 외문 통과할 수 있을까

나는 녹슬고 지저분한 저 조명등을 안다
가끔 퍽 터져 버린 새까만 전구도 보았다

　　　　　　　　　　　　　—「외문 속으로」에서

　전구를 맴돌다 타 죽는 날벌레는 "헛돌기 시작한 나사
못"에 비유되어 있다. 헛돌기 시작한 나사못이 끝내 제대로
박히지 않듯이 날벌레 역시 전구를 통과하지 못한다. 그것
은 이 생에서는 불가능한 일이다. 이 불가능함은 날벌레만
의 것이 아니다. 살아 있는 날들 동안 아무것도 바꾸지 못
할 것이라는 비극적 인식. 그의 시에 등장하는 노동하는
사내들이나 좌판 행상을 하는 여자들의 삶이 그렇다. 비극
적 인식은 실존적인 유한성에 근거한 관념적인 것이 아니

라 실제 경험에서 얻어진 것이다. '나사못이 헛돈다'와 같이 구체적 경험이 바탕이 된 표현들은 비극성의 리얼리티를 높이고 있다.

그러나 김두안은 그들의 삶을 그렇게 만든 사회 혹은 권력에 대한 저항감을 표출하고 있지는 않다. 배낭을 메고 둑길에서 자기의 똥 냄새를 맡아 보는 노파를 보고 그는 "눈 뜨고 볼 수 없는 오후"(「황사」)라는 말로 감상을 적는다. 배낭 하나에 남은 삶을 달랑 메고 나선, 정신조차 온전치 못한 노파 앞에서 무슨 말을 할 수 있겠는가. 다만 그 모양을 처참하게 그릴 뿐이다. 김두안이 이러한 입장을 취하고 있는 것은 그의 삶 또한 이들과 별반 다르지 않기 때문이다. "뼈도 자존심도 없는 잡놈들이여/ 나는 객지 생활이 어떤지 몰라도/ 이 굴 껍데기만 같이/ 어디든 꽉 붙어살면 된다고 생각한다"(「그녀의 바다」)라는 구절은 시인을 비롯한 뿌리 뽑힌 자들의 심경을 단적으로 표현한 것이다. 특별히 폼 나는 곳이 아니어도 어디든지 붙어서 뿌리를 내리기만 해도 좋겠다는 것이 이들의 현실적인 바람이다. 그 앞에 자존심이나 뼈대 따위는 사치스러운 감상일 뿐이다. 분노도 희망도 미래도 없는 삶을 그저 살아갈 뿐이다.

1부가 객지인 도시에서의 생활을 소새로 하고 있다면, 2부의 시들은 시인의 고향과 관련된 시들을 싣고 있다. 양쪽에 실려 있는 시들은 공간적 배경뿐만 아니라 시의 어조와 분위기까지도 다르다. 1부의 시들이 더 이상 물러설 수 없는 팍팍한 삶의 극한을 보여 준다면, 2부의 시들은 풍성하지는 않지만 그래도 삶에 대한 애정과 희망이 남아 있는 장면들을 포착하고 있다. 고향은 아버지와 어머니가 있고 그들의 삶의 지혜가 생활의 키를 잡아 줄 수 있는 곳이다.(「묵화」, 「밧줄」, 「자갈 소리」, 「달의 아가미」)

닻을 주고 밧줄을 맨다

부두에 부딪히지 않게
썰물에 목매달지 않게

배가
파도를 넘을 수 있도록

느슨하거나
팽팽하지도, 않게

바람 불면 말뚝 꽉 조여야 하는
떠날 때 단숨에 확 풀려야 하는

밧줄

아버지는

닳아

부드러워진

길을 부두에 맨다

──「밧줄」

　아마도 고향인 듯한 공간에서 아버지가 배를 매고 있다. 능란한 솜씨로 팽팽하지도 느슨하지도 않게 밧줄을 매는 아버지는 삶의 관록을 가진 인물이다. 바람이 불면 말뚝을 꽉 조여 매고 떠날 때 단숨에 확 풀리도록 밧줄을 맬 수 있는 것은 삶에서 얻은 경험 덕분이다. 닳아 부드러워진 밧줄이 아버지의 삶이 얻은 지혜이자 길이다. 고향은 이처럼 삶에서 얻은 경험과 지혜가 살아가는 방향을 제시해 줄 수 있는, 순리가 지켜지는 공간이다. 눈발 속에서 밧줄을 던져 주는 아버지(「대머리 포구에서」)와 소금을 긁던 어머니(「묵화」)의 삶에는 그들의 삶을 영위하는 감추어진 단단함이 있다. 이 시들에서는 도시에서처럼 팍팍하고 첨예한 갈등은 드러나지 않고, 실제적인 삶의 비극성도 해소되는 것처럼 보인다.

　그러나 중요한 것은 '고향/도시(객지)＝선/악'이라는 이분법의 구도에 정작 시인은 포함되지 않는다는 것이다. 시인은 고향 사람들의 삶을 바라보는 위치에 있을 뿐 그것에 동화되거나 위안을 얻지 못한다. 고향은 도시에서 상처 빈 은 '나'가 돌아가 잠시 쉴 수 있는 곳이긴 하지만, 이미 시인의 삶의 터전이 아닌 것이다.("어두운 제 품에서도 잠들지 못하는/ 이 저녁 나는/ 끝내 건너지 못할 내 몸/ 어디에 눕힐 것인가", 「발목」) 그러한 시인의 현재 위치는 고향 사람들보다는 항구에서 그물을 꿰매는 사내(「덫」)나 잡혀 온 새끼 고래를 두고 흥정하는 포구 사람들(「탄력 있는 슬픔」)의 삶에 가깝다. 결국 그는 옮겨 간 도시와 자신의 삶의 터전이었던 고향 어느 곳에도 뿌리를 내리지 못하는 뜨내기인 것이다.

3부의 시들은 뜨내기인 시인이 새롭게 정착한 제3의 공간인 대도시 변두리 이야기다. 특이한 것은 이 공간이 현재의 생활 공간임에도 불구하고 생활의 현장이 잘 드러나지 않는다는 점이다. 1부의 시들이 풍경을 배경으로 하고 인물을 클로즈업했다면 3부의 시들은 일부러 인물을 삭제하고 풍경만을 전면화하고 있는 것처럼 보인다. 그러나 이것은 사생화가 아니라 정밀한 풍경 내부의 꿈틀거림을 포착한 입체적인 그림이다.

잠자리가 돌 위에 앉아 돌을 읽는 동안

나팔꽃 줄기
나뭇가지 그림자 위에 헛발을 딛습니다

잠자리가 돌의 중심 갸웃갸웃 읽어 가는 동안

사내는 나무 그늘 밑으로 손 그림자 가만히 내밀어
잠자리 꼬리 잡아 봅니다

떴다 앉았다

잠자리가 비밀스럽게
얼굴 가리고 돌의 모서리 다 읽어 가는 동안

마당가 해바라기
먼 길 바라다보다 까맣게 익은 얼굴 떨굽니다

이제 기다림이
사내의 한쪽 모서리를 초조하게 읽어 가는 동안

구겨진 돌맹이 다시 제 몸을 부풀리고 있습니다
—「돌과 잠자리」

잠자리와 돌과 해바라기와 사내가 하나의 풍경을 연출하고 있다. 잠자리 한 마리가 돌 위에 앉아 있고 나뭇가지 위에는 나팔꽃 줄기가 올라간다. 나무 그늘 밑에 앉은 남자가 잠자리 꼬리를 잡아 본다. 마당가에는 해바라기. 남자는 무언가를 오래 기다리고 있다. 정밀한 풍경 가운데 시간이 흐른다. 순간의 풍경은 그렇게 그 안에 시간을 품고 풍성해진다. 「은밀한 때」, 「오동 꽃」, 「목련의 기억」 등은 눈에 보이는 풍경 이면의 움직임을 읽어 낸다는 면에서 이와 유사하다.

풍경을 읽어 내는 이런 방식은 인물을 대상으로 할 때와 정반대의 방식을 취하고 있다. 인물을 대상으로 한 시들에서, 시인은 인물의 삶의 이면을 비추지 않고 현재의 모습만을 클로즈업한다. 대신 시의 배경이나 상황이 인물이 안고 있는 삶의 이야기를 자연스럽게 알려 준다. 반면 풍경을 클로즈업할 때, 시인은 눈에 비친 것들의 이면을 적극적으로 포착하고 해석해서 기술한다. 이 풍경 안에 사람은 아직 없다. 다만 풍경을 관찰하는 시인의 시선이 느껴질 뿐이다.

이 시들의 바탕에 깔려 있는 적막감은 불편하고 위태롭다. 그것은 도시도 아니고 고향도 아닌 제3의 공간의 특수성과도 연결되어 있다. 도시화가 진행되면서도 여전히 도시에 편입되지 못하는 공간, 그것은 도시의 삶에 익숙해지지도 못하고 고향의 삶에서도 멀리 떨어진 시인의 현재 위치를 상징하기도 한다. 3부의 시가 실제 생활 공간을 배경으로 하면서도 생활이나 사람이 등장하지 않는 이유는 이 때문인 듯하다. 이 시들은 마치 시인이 생각에 빠져 있는 동안 연주되는 배경음악과 같다. 아직 실체를 드러내고 있지는 않지만, 시인의 내면은 복잡하고 모순적이며 들썩이고 있다. 「검은 나무들」에서 언뜻언뜻 드러나는 울부짖으며 폭발하는 '나'의 어두운 내면은 번개를 만나 차라리 후

련해진다.("어둠이 찢긴다/ 빛에 어둠이 지워진다/ 눈을 감는다/ 내 안이 환하다/ 얼마 만인가", 「번개가 만들어 준 그림자를 보았다」) 이제껏 드러나지 않던 '나'가 조금씩 얼굴을 드러내고 있다는 것도 주목할 만한 일이다. 대상을 향하는 냉철한 시선은 이제 자신을 향하고 있다. 아마도 그 성찰의 결과가 김두안의 다음 시집 주제가 되지 않을까. 삶의 구체적 경험에 바탕을 둔 차갑고 생생한 언어들은 비로소 내면의 울부짖음과 마주한다. 진지하고 묵직한 이 시대 민중시의 탄생이다.

김두안

1965년 전남 신안에서 태어났다.
2006년《한국일보》신춘문예로 등단했다.

달의 아가미

1판 1쇄 찍음 · 2009년 9월 21일
1판 1쇄 펴냄 · 2009년 9월 25일

지은이 · 김두안
발행인 · 박근섭, 박상준
편집인 · 장은수
펴낸곳 · ㈜민음사

출판 등록 1966. 5. 19. 제16-490호
서울시 강남구 신사동 506번지 강남출판문화센터 5층 (우)135-887
대표전화 515-2000 / 팩시밀리 515-2007
www.minumsa.com

ISBN 978-89-374-0773-4 (03810)

❖이 책은 경기문화재단 창작지원금을 받아 출간되었습니다.